L'ANNEAU
DE PAILLE

PETIT DRAME

PAR

MADAME BOURDON

(MATHILDE FROMENT)

PARIS

Librairie Saint-Germain des Prés

PUTOIS-CRETTÉ, LIBRAIRE-ÉDITEUR

39, RUE BONAPARTE

—

1860

L'ANNEAU

DE PAILLE

— DRAME —

PAR

MADAME BOURDON

(MATHILDE FROMENT)

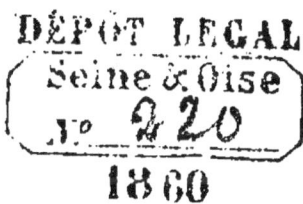
DÉPOT LEGAL
Seine & Oise
N° 220
1860

PARIS

Librairie Saint-Germain des Prés

PUTOIS-CRETTÉ, LIBRAIRE-ÉDITEUR

39, RUE BONAPARTE

—

1860

PERSONNAGES

ANASTASIE, orpheline, vingt ans.
FRANÇOISE, sa cousine, vingt un ans.
GERMAINE, seize ans.
ROSALIE,
CLAIRE,   } jeunes filles de dix-sept à dix-huit ans.
GENEVIÈVE,

Le P. PAUL, ermite.

La scène se passe au XVIIIe siècle, dans un village de la Lorraine.

Costumes de paysannes. Le P. Paul porte une longue robe brune et une barbe blanche.

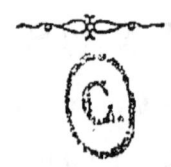

— CORBEIL, typogr. de CRÉTÉ. —

L'ANNEAU DE PAILLE

— DRAME —

ACTE PREMIER

(La scène représente un intérieur de ferme, meublé à l'antique:
dressoir, huche, grande horloge, bahuts, etc., etc.)

SCÈNE PREMIÈRE.

FRANÇOISE, GERMAINE, ROSALIE, CLAIRE, GENEVIÈVE.

(Les jeunes filles sont occupées à préparer des bouquets
et des guirlandes.)

FRANÇOISE.

Donne-moi des roses blanches, Germaine, il y a
trop de pavots dans ma guirlande...

GERMAINE, prenant des fleurs dans un panier.

Tiens ! en voilà ! et des lis, et de grandes margue-
rites... tu as raison, ta guirlande est si rouge qu'elle
effraierait les bœufs.

ROSALIE.

Et la tienne est si verte qu'elle donnerait de l'appétit à une génisse. Pour la faire, tu as récolté toutes les herbes du canton ; n'est-ce pas ?

GERMAINE.

Moque-toi ! avec cela que tes bouquets et ceux de Claire sont bien réussis !

GENEVIÈVE.

Et le mien !

GERMAINE.

Il ne serait pas mal si tu n'avais pas mis au milieu une botte de soucis. Si Anastasie était là, elle nous donnerait à toutes une bonne leçon ! Elle est si adroite ! Dis, Françoise, pourquoi ta cousine ne vient-elle pas ?

FRANÇOISE.

Elle n'aime pas à sortir ; elle travaille tout le jour en compagnie de Nanon, sa vieille nourrice.

GENEVIÈVE.

Va, dis la vérité : Anastasie est un brin fière ; sa marraine l'a fait *éduquer*, elle sait lire, écrire, elle brode en soie, et elle nous méprise, nous autres, parce que nous sommes de franches paysannes !

FRANÇOISE.

Quelle idée ! elle est ma cousine, elle ne peut pas me mépriser !

ROSALIE.

Nous mépriser ! comme si nous ne valions pas autant qu'elle.

CLAIRE.

Plus qu'elle !

ROSALIE.

Tu as raison ! nous sommes d'honnêtes filles, nous !

GERMAINE.

Tiens ! et Anastasie donc ? il n'y en a pas dans le village de si bonne et de si pieuse qu'elle.

ROSALIE.

Oui ! elle fait sa sainte nitouche ! Le matin, à l'église, et le soir...

FRANÇOISE.

Qu'est-ce que tu veux dire, Rosalie ?

GERMAINE.

Parle donc, puisque la langue te démange.

ROSALIE.

Est-ce qu'on ne sait pas, est-ce que tout le village ne sait pas, à preuve Claire et Geneviève que voici, que mam'zelle Anastasie a des rendez-vous dans le bois, avec un homme ; qu'elle y va tous les soirs que Dieu fait, et qu'elle n'en sort que la nuit close ? Quelle conduite pour une jeunesse honnête !

FRANÇOISE.

C'est-il vrai, ça ?

CLAIRE ET GENEVIÈVE (ensemble).

Très-vrai ! tout ce qu'il y a de plus vrai !

CLAIRE.

Je l'ai vue entrer au bois.

GENEVIÈVE.

Moi, je l'en ai vue sortir.

ROSALIE.

Et la vieille Mathurine, qui faisait l'herbe pour sa vache, l'a vue qui parlait à un homme, un homme habillé d'une casaque blanche, avec des galons rouges... un soldat du Roi, quoi ! Elle parlait bellement, doucettement, comme ça, dit la vieille Mathurine.

(Elle penche la tête et fait une petite voix.)

FRANÇOISE.

Si c'est vrai, ça, je la renie pour ma cousine, elle ! Tous les Mathias sont des braves gens, elle n'est pas digne de faire partie de la famille.

GERMAINE.

Tu la renies ! ô Françoise, que tu es simple de croire toutes ces méchantes histoires ! Je ne suis pas sa cousine, je ne suis que son amie ; mais je ne la renie pas, moi ! Nenni-da !

ROSALIE.

Tais-toi, morveuse, et prends garde de ne pas marcher sur les traces de ton amie ; oui-da !

CLAIRE.

Chut ! la voici.

GENEVIÈVE.

Qui donc ?

CLAIRE.

Elle, Anastasie.

SCÈNE II.

LES MÊMES, ANASTASIE.

ANASTASIE.

Bonjour, Françoise, bonjour, chères amies. Je vois que vous avez pensé à la belle fête de demain, et je venais vous offrir mon petit travail.

FRANÇOISE.

Tu es trop bonne.

ANASTASIE.

Vous faites des guirlandes ? Je vais vous aider. (Elle s'avance vers les corbeilles de fleurs, Claire et Rosalie les éloignent brusquement.) Eh bien ! qu'avez-vous donc ? Vous ne voulez pas que je travaille avec vous ?

FRANÇOISE.

L'ouvrage est presque fini.

ROSALIE.

Vous venez trop tard, mam'zelle, nous ne vous avons pas attendue.

GENEVIÈVE.

Vous avez sans doute bien d'autres affaires que de faire des bouquets pour la sainte Vierge !

CLAIRE (ironiquement).

Pourtant, il pousse de si jolies fleurs dans les bois !

ANASTASIE.

Mais qu'avez-vous ? je ne vous reconnais pas. Ma bonne cousine, mes amies, que vous ai-je fait ? parlez !

ROSALIE.

Nous avons... que nous n'avons plus besoin de votre compagnie céans.

ANASTASIE.

Cousine Françoise, vous entendez ce que l'on me dit, chez vous, dans la maison de votre mère ?

FRANÇOISE.

Cousine Anastasie, ma mère dirait peut-être la même chose...

ANASTASIE.

Cela suffit ; plus tard, Françoise, je vous demanderai l'explication de cette injure. Restez avec vos amies, je vous laisse... (Elle sort.)

GERMAINE.

Eh bien ! sans-cœur que vous êtes, vous la laissez partir ainsi ? Je ne suis pas sa cousine ; encore un coup elle ne m'appelait pas son amie, mais, au moins, je ne la quitterai pas ! (Elle sort en courant.)

SCÈNE III.

FRANÇOISE, ROSALIE, CLAIRE, GENEVIÉVE.

FRANÇOISE.

C'est égal ; cela me fait un peu de peine : du sang n'est pas de l'eau.

ROSALIE.

C'est parce que tu es sa proche parente que tu dois te montrer plus sévère et plus révérende à son

endroit. Que dirait-on si on vous voyait ensemble ?
Les garçons du village en font des risées, de ta cousine ! Si tu les entendais !

GENEVIÈVE.

Surtout ce grand Louis ! il la contrefait avec son
petit air innocent, et parlant à un soldat aux gardes !

CLAIRE.

Le fils du magister a fait une chanson sur elle,
qui est drôle, risible ! On va la chanter demain, après
vêpres, sous les fenêtres de la donzelle, au son du
tambourin. Elle n'a qu'à se bien tenir.

ROSALIE.

Et les filles de la paroisse sont décidées à la chasser,
si elle se présente demain pour porter, à la pro-
cession, les cordons de la bannière de la sainte Vierge.
On ne la laissera pas approcher.

FRANÇOISE.

Ma pauvre cousine !

ROSALIE.

Tu vois bien que tu ne peux plus la voir, c'est
la honte de ta famille, tu le comprends, n'est-ce pas ?

FRANÇOISE.

Eh ! oui ! tu m'en diras tant... mais, tiens, ramas-

sons nos guirlandes et portons-les à l'église... nous
causerons plus tard.

(Les jeunes filles sortent en emportant les fleurs.)

ACTE DEUXIÈME

SCÈNE PREMIÈRE.

ANASTASIE seule. (Elle achève sa toilette et pose dans ses
cheveux une couronne de bluets.)

Me voici revêtue des couleurs de la sainte Vierge,
et pourtant, en ce beau jour de fête, je me sens, je ne
sais pourquoi, le cœur oppressé d'angoisse. Pourquoi
mes compagnes m'ont-elles repoussée hier ? Que leur
ai-je fait ? Dieu le sait, je les aime, je n'ai d'autre
désir que de les obliger, et cependant elles se sont
montrées si dures pour moi ! Françoise elle-même !
elles m'ont bannie de leur présence, et j'ai eu bien de
la peine, devant elles, à renfermer mes larmes ! Je
n'ai rien compris à leurs paroles, sinon qu'elles étaient
injurieuses et qu'elles me blessaient au cœur... L'une
d'elles a parlé, en riant, du bois et des fleurs qui y
poussent... Grand Dieu ! sauraient-elles...

SCÈNE II.

ANASTASIE, GERMAINE.

ANASTASIE.

Tu viens me chercher pour aller à l'église, ma bonne Germaine ? tu es toujours aimable... tu vois, je suis prête.

GERMAINE (l'embrassant).

Chère Anastasie, je ne viens pas te chercher, je venais, au contraire...
(Elle hésite.)

ANASTASIE.

Quoi donc !

GERMAINE.

Te conseiller de n'y pas aller.

ANASTASIE.

Pourquoi ! tu as un air sérieux... tu me fais peur ; Germaine, qu'y a-t-il ?

GERMAINE.

Tu veux absolument le savoir ?

ANASTASIE.

Je t'en supplie !

GERMAINE.

Tu connais Rosalie ? tu sais combien elle est méchante langue ? tu connais Claire, Geneviève, Marianne, Nicole, toute la séquelle enfin, tu les connais, n'est-ce pas ? bavardes, méchantes...

ANASTASIE.

Méchantes ? oh ! non pas !

GERMAINE.

Pas bonnes, puisque tu l'aimes mieux. Tu connais Françoise, une tête faible, une girouette, tournant à tous les vents... Ne sé sont-elles pas imaginé de te prendre en grippe, toi, pauvre agneau, de s'ameuter contre toi, et de t'empêcher de porter aujourd'hui les cordons de la bannière ? Comme si ce n'était pas ton droit, toi, la mieux élevée et la plus sage du hameau !

ANASTASIE.

Que leur ai-je fait ? Pourquoi cet affront ?

GERMAINE.

Eh! ne t'inquiète pas de ces mijaurées ! Tu es si belle et si bonne, toi !

ANASTASIE.

Germaine, je veux savoir pourquoi ma cousine et mes compagnes me chassent de leur compagnie. Sois sincère, j'ose l'exiger de ton amitié.

GERMAINE.

Que sais-je, moi?... elles assurent... des sottises

vois-tu! elles prétendent que tu as des rendez-vous dans le bois avec un soldat du Roi.

ANASTASIE.

Oh! ciel!

GERMAINE, se jetant à son cou.

Va, je ne le crois pas, moi! je te connais mieux qu'elles!

ANASTASIE.

Je suis donc déshonorée! mais il est au ciel des témoins de mon innocence! (Elle ôte sa couronne de bluets, et s'avance vers une image de la sainte Vierge. Pendant qu'elle parle on entend au loin, et par intervalles, le chant des Litanies de la sainte Vierge.) Ma bonne mère! protectrice des orphelines, je vous offre cette couronne, et puisqu'on m'exile de vos fêtes, je me réfugie à vos pieds! (Au loin : *Consolatrix afflictorum, ora pro nobis.*) Prenez-moi sous votre protection, défendez-moi, sauvez-moi de la langue des méchants! (Au loin : *Auxilium christianorum, ora pro nobis.*) Je suis seule au monde, vous connaissez mon cœur et mon innocence, je me mets sous votre garde, ô Souveraine bonne et puissante! (Au loin : *Regina virginum, ora pro nobis !* Elle suspend sa couronne au pied de l'image.)

GERMAINE, en pleurant.

Oh! la bonne Vierge ne t'abandonnera pas, et moi, quoique je ne sois qu'une petite fille, je ferai tant

des pieds et des mains que je parviendrai à connaî-
tre la vérité de cette sotte histoire. Je saurai le
pourquoi de cette calomnie.

ANASTASIE.

Germaine, tu crois donc en moi ? tu me crois honnête et pure ?

GERMAINE.

Si je le crois !

ANASTASIE.

Eh bien! garde-moi ta foi et ton amitié, et ap-
prends que je dois encore retourner au bois, aujour-
d'hui même !

GERMAINE.

Mais tu y es donc allée! mais ce n'est donc pas
une calomnie !

ANASTASIE.

Non, un jugement téméraire seulement. J'ai parlé
dans le bois à un soldat, à un pauvre soldat, et je
vais retourner auprès de lui.

GERMAINE.

Oh ! Anastasie, si une autre me l'avait dit, je ne
l'aurais pas cru !

ANASTASIE.

Tu doutes de moi ?

GERMAINE, la regardant.

Non ! je ne le saurais ! tu es, tu seras toujours ma meilleure amie et mon modèle !

ANASTASIE, l'embrassant.

Chère enfant !

GERMAINE.

Pars... on est aux vêpres, on ne te verra pas. Va vite, je t'attendrai ici.

(Anastasie en mantelet noir et en bonnet; elle prend un panier déposé par terre).

ANASTASIE.

Adieu, ma bonne Germaine, prie pour moi, adieu ! (Elle sort.)

SCÈNE III.

GERMAINE seule.

Où va-t-elle ! dans quelle inquiétude elle m'a jetée ! Est-ce bien elle, que toujours j'ai vue si modeste et si prudente, que ma mère me proposait comme un exemple à suivre ! Fi ! Germaine ! quelle mauvaise pensée ! Anastasie est toujours la même, et son secret, puisqu'elle en a un, ne saurait être qu'un secret innocent comme elle ! Pauvre amie ! comme elle souffrait de la méchanceté de ces langues venimeuses ! comment faire pour la défendre ?... (Elle rêve un peu ; le ciel s'obscurcit, on entend gronder le tonnerre.) Un orage se prépare, elle sera surprise par la pluie... Oh! quel éclair! Sainte Vierge, priez pour nous! Je vais fermer les fenêtres, et préparer des vêtements chauds pour Anastasie à son retour!..

(Elle sort.)

ACTE TROISIÈME

(La scène représente une chambre dans la maison d'Anastasie. Mobilier très-simple. — Même décor pour le second acte.)

SCÈNE PREMIÈRE.

ANASTASIE, couchée dans un fauteuil et l'air accablé.
GERMAINE.

GERMAINE.

Es-tu mieux? laisse-moi te tâter le pouls?

ANASTASIE.

Tu t'y connais?

GERMAINE.

Un peu... tu es bien agitée... de la fièvre, des sueurs... tu souffres, n'est-ce pas?

ANASTASIE.

Un peu... il est vrai... cette pluie d'orage que j'ai reçue tout entière, m'a fait mal. Et puis... tiens,

Germaine, la dureté de mes compagnes m'a fait un mal affreux... il est si triste de se voir méconnue par celles qu'on aimait comme des sœurs... Toi seule, Germaine, toi seule m'es restée fidèle... si tu savais combien je t'aime pour ton dévouement et quelle reconnaissance je ressens pour celle qui ne m'a pas délaissée... Mais, qui sait? on te blâmera peut-être de m'aimer ! le monde est si méchant ! il ne faut pas le braver, vois-tu, pauvre petite, la calomnie fait trop de mal... crois-moi, éloigne-toi !

GERMAINE.

Je me haïrais si j'étais capable d'une pareille perfidie. Oh! le vilain conseil! d'ailleurs, mon père et ma mère savent que je suis ici, ils m'approuvent, cela suffit...

ANASTASIE.

Il y a de bonnes âmes, Dieu le permet ainsi... mon Dieu, Germaine, que je souffre !

(Elle s'appuie sur Germaine.)

GERMAINE.

Tu ne peux pas rester sans secours... écoute : je vais courir à l'ermitage du vieux père Paul; il connaît la médecine, il nous dira ce que nous devons faire pour te guérir. La pluie a cessé, les chemins sont secs, je serai bientôt de retour. Au revoir, repose-toi dans ce fauteuil, je reviendrai avec des secours.

(Elle sort.)

SCÈNE II.

ANASTASIE, seule.

Je n'ai pu l'arrêter, elle est aussi vive que dévouée... Que je me sens accablée et quelle tristesse remplit mon cœur ! (Elle reste en silence, couchée dans le fauteuil ; on entend sous les fenêtres le son du tambourin, et le bruit d'une grande foule.) Qu'est-ce que cela? tout m'agite et me fait peur ! (Elle se lève, et va vers la fenêtre.) Que de monde autour de ma maison ! que me veulent-ils ? On prononce mon nom! mon Dieu! protégez-moi !

(Le tambourin cesse : une voix de jeune garçon chante le couplet suivant :)

Qui donc au bois s'en va seulette?
Seulette? Oh ! non pas !
Elle a son amoureux au bras,
Et tout bas, tout bas,
Il s'en va, lui contant fleurette...
Eh ! c'est la fille à Mathias!

ANASTASIE.

Quelle honte ! où fuir ! où me cacher ? Que de cris !

quelles huées ! ô mon Dieu ! me voilà donc perdue
à jamais ! Mais on recommence... ah ! quel supplice !

(La voix reprend.)

Si vous l'aviez vue à l'église
A genoux, au pied de la croix,
Pour une sainte on l'aurait prise ;
Le soir, elle va dans le bois :
        Seulette ? Oh ! non pas !
Elle a son amoureux au bras,
        Et tout bas, tout bas,
Il s'en va, lui contant fleurette,
Ah ! c'est la fille à Mathias !

ANASTASIE.

J'en mourrai ! Si je pouvais au moins mourir tout
de suite et ne plus les entendre ! mais quoi ! ils s'ap-
prochent ! ils viennent.

(Elle tombe épuisée sur le fauteuil, la porte s'ouvre, les jeunes
    filles du village, Françoise, Rosalie, Claire, Geneviève et
    plusieurs autres arrivent sur la scène ; des garçons, des
    femmes entrent aussi ; Rosalie tient un anneau de paille,
    et s'avance vers Anastasie, en chantant :)

Apportez la bague de paille
Et passez-la vite à son doigt,
Car c'est l'anneau de fiançaille
Que fille imprudente reçoit...
Qui donc au bois s'en va seulette ? etc.

SCÈNE III.

LES MÊMES, LE PÈRE PAUL, GERMAINE.

LE PÈRE PAUL, s'approchant d'Anastasie presque évanouie.

Arrêtez ! qui de vous ose insulter cette jeune fille ?

ROSALIE.

Mon père ! ce n'est pas une fille d'honneur, et nous lui apportons une bague de paille, afin qu'elle sache bien qu'elle est retranchée de l'honnête société des filles de ce village !

LE PÈRE PAUL.

Jeune fille à la langue légère, avant peu vous vous repentirez de ces paroles. Que reprochez-vous à Anastasie ? d'avoir parlé en secret à un soldat, n'est-il pas vrai ?

LES JEUNES FILLES, ensemble.

Oui... oui... mon père !

LE PÈRE PAUL.

Françoise Mathias, approchez. Vous souvenez-vous, jeune fille, du frère de votre père, de Norbert Mathias ?

FRANÇOISE.

Oui, certes, mon père ; il était si bon pour moi dans mon enfance !

LE PÈRE PAUL.

Votre oncle, qui est aussi celui d'Anastasie, servait dans le régiment de Royale-Navarre. C'était un honnête homme, un bon et vaillant soldat ; mais l'âge et les cheveux blancs n'ont pu amortir son ardeur, et dernièrement, il a eu le malheur de lever la main sur son capitaine. Poursuivi par la rigueur des lois militaires, il est venu dans son pays natal, il s'est réfugié dans cette forêt qu'il connaissait depuis sa jeunesse, et il vint me demander un asile, à moi, son ancien ami ! Je lui ai ouvert avec bonheur ma pauvre demeure ; mais il n'y était pas en sûreté. Il conçut le dessein de quitter la France et de se rendre en Allemagne, chez des amis qui lui sont dévoués, mais il lui fallait des habits et de l'argent. Il ne pouvait se confier à votre mère, Françoise, malade et infirme ; il n'osait vous livrer son secret, à vous qu'il savait faible et légère ; il s'ouvrit à Anastasie, et l'enfant a sauvé le vieillard. Elle l'a consolé, elle a vendu pour lui ses bijoux et ses vêtements ; elle a procuré au fugitif de l'argent et un déguisement, et dans une heure, il aura atteint l'Allemagne, dont nous sommes si voisins ; il sera sauvé, grâce à celle que vous calomniez si indignement ! Voilà pourquoi Anastasie allait dans la forêt et parlait à un soldat du Roi !

FRANÇOISE, tombant à genoux auprès d'Anastasie.

O ma bonne cousine, me pardonneras-tu jamais ?

GERMAINE.

Chère Anastasie, que je suis heureuse !

ANASTASIE, d'une voix faible.

O mon Père, ô mes amis, vous me rendez à la vie !

LE PÈRE PAUL.

Jeunes filles, que cette leçon vous serve ; que dé-
sormais elle suspende vos jugements téméraires, vos
paroles imprudentes, vos faciles médisances, vos
dangereuses calomnies. Souvenez-vous toujours que
trop souvent les coups de langue sont des coups de
poignard !

FIN

OUVRAGES DU MÊME AUTEUR.

Piété.

Le Mois Eucharistique. Manuel pieux des âmes qui pratiquent la fréquente communion; un vol. in-18 de 400 pages.

Imitation de l'enfant Jésus, dédiée aux petits enfants; un vol. in-18 avec figures.

Nouvelles. Histoires. Récits.

(Bibliothèque Saint-Germain.)

Marcia. Histoire des premiers temps du christianisme; un vol. in-12.

Nouvelles historiques ; un vol. in-12.

Histoire de Marie-Stuart ; un vol. in-12.

Abnégation ; un vol. in-12.

Souvenirs d'une famille du peuple ; un vol. in-12.

Histoire d'Élisabeth, reine d'Angleterre.

Pulchérie ; un vol. in-12.

Blanche de Salva ; un vol. in-18.

Drames à l'usage de la jeunesse.

Pour les pensionnats et les réunions de famille.

La petite glaneuse ; un vol. in-18.

Un travers du siècle ; un vol. in-18.

Swinton et Gordon ; un vol. in-18.

Les mères réconciliées par leurs enfants ; un vol. in-18.

L'anneau de paille ; un vol. in-18.

Une antipathie ; un vol. in-18.

Corbeil. — Typogr. et stér. de Crété.

www.ingramcontent.com/pod-product-compliance
Lightning Source LLC
Chambersburg PA
CBHW061631180626
46818CB00005B/2334